北京舊志彙刊

弘慈廣濟寺新志

湛祐 撰

李僮 胡宇芳 校點

中國書店

图书在版编目(CIP)数据

弘慈广济寺新志/湛祐撰. —北京:中国书店, 2009.1
ISBN 978-7-80663-621-3

Ⅰ.弘… Ⅱ.湛… Ⅲ.广济寺-史料 Ⅳ.B947.21

中国版本图书馆 CIP 数据核字(2008)第 192578 号

北京舊志彙刊
弘慈廣濟寺新志 一函二册
作者 湛祐 撰 李僮 胡宇芳 校點
出版 中國書店
地址 北京市宣武區琉璃廠東街一一五號
郵編 一〇〇〇五〇
發行 全國新華書店經銷
印刷 江蘇金壇市古籍印刷廠有限公司
版次 二〇〇九年一月
書號 ISBN 978-7-80663-621-3
定價 三三〇元

開啓北京地域文化的寶庫

——《北京舊志彙刊》序

段柄仁

中華文明源遠流長，其燦爛輝煌、廣博深遠，舉世公認。她爲什么能在悠悠五千年的歷史長河中，不僅傳承不衰，不曾中斷，而且生生不息，歷久彌鮮，不斷充實其内涵，創新其品種，提高其質地，增强其凝聚力、吸引力、擴散力？歷朝歷代的地方志編修，不能不説是一個重要因素。我們的祖先，把地方志作爲資政、教化、傳史的載體，視修志爲主政者的職責和義務，每逢盛世，更爲重視，常常集中人力物力，潛心編修，使之前映後照，延綿不斷，形成了讓世界各民族十分仰慕的獨一無二的文化奇峰勝景和優良傳統。雖然因歷史久遠，朝代更迭，保存困難，較早的志書多已散失，但留存下來的舊志仍有九千多種，十萬多册，約占我國全部歷史文獻的十分之一。規模之大，館藏之豐，其他種類的書籍莫可企及。

作爲具有三千多年建城史，八百多年建都史的北京，修志傳統同樣一以貫之。有文獻記載的最早的官修地方志或類似地方志是《燕十事》，之後陸續有《燕丹子》、《幽州人物志》、《幽州圖經》、《幽都記》、《大都圖册》、《大都志》、《洪武北京圖經》、《北平圖志》、《北平志》、《北平府圖志》等。元代以前的志書，可惜祇聞其名而不見其書，都没有流傳下來或未被挖掘出來。現存舊志百餘種，千餘卷，包括府志、市志、州志、縣志、街巷志、村志、糧廳志、風俗志、山水志、地理志、地名志、關志、寺廟志、會館志等，其中較早而又較爲完整的《析津志輯軼》，是從元代編修《析津志典》的遺稿及散存《永樂大典》等有關書籍中輯録而成的。明代最完整的志書《順天府志》也是鈔録於《永樂大典》。其餘的舊志，多爲清代和民國時期所撰。這些十分寶貴的文獻資料，目前散存於各單位圖書館和個人手中。有的因保存條件很差，年長日久，已成殘本，處於急需搶救狀態。有些珍本由於收藏者的代際交替，輾轉於社會，仍在繼續流失之中。即便保存完好者，多數也是長期閉鎖於館庫之中，很少有人問津。保護、整理和進一步研究挖掘，開啓這座塵封已久的寶庫，使其盡快容光煥發地亮起來、站出來，重見天日，具有不可延誤的緊迫性。不僅對新修志書有直接傳承借鑒作用，對梳理北京的文脈，加深對北京歷史文化的認識，提供基礎資料，而且對建設社會主義先進文化，進一步發揮其資政教化作用，滿足人們文化生活正向高層次、多樣化發展的需求，推動和諧社會建設，都將起其他文化種類難以替代的作用，是在北京歷史上尚屬首次的一項慰藉祖宗、利及當代、造福後人的宏大的文化基礎建設工程，具有重大的現實意義，必將產生深遠的歷史影響。

當前是全面系統地整理發掘舊志，開啓這座寶庫的大好時機。國家興旺，國力增强，社會安定，人民生活正向富裕邁進，不僅可提供財力物力支持，而且爲多品種、高品味的文化產品拓展着廣闊的市場。加之經過二十多年的社會主義新方志的編修，大大提高了全社會對方志事業的認同感和支持度，培育了一大批老中青結合的修志人才。在第一輪編修新方志的過程中，也陸續整理、注釋出版了幾部舊志，積累了一定經驗。這些都爲高質量、高效率地完成這項任務提供了良好的條件，打下了扎實的基礎。

全面系統、高質高效地對北京舊志進行整理和發掘，也是一項十分艱巨的任務。需要强有力的領導和科學嚴密的組織工作。爲此，在市地方志編委會領導下，成立了由相關領導與專家組成的北京舊志整理叢書編委會。采取由政府主導，市地方志辦公室、市新聞出版局和中國書店出版社聯合承辦，充分吸收專家學者參與的方法，同心協力，各展其能。需要有高素質的業務指導。實行全市統一規範、統一標準、統一審定的原則。製定了包括《校點凡例》在内的有關制度要求。成立了在編委會領導下的專家委員會，指導和審查志書的整理、校點和出版。對於參與者來説，不僅提出了應具備較高的業務能力的標準，更要求充分發揚脚踏實地、開拓進取、受得艱苦、耐得寂寞、甘於坐冷板凳的奉獻精神，爲打造精品出版物而奮鬥。爲此，我們厘定了《北京舊志彙刊》編纂整理方案，分期分批將整理的舊志，推向讀者，最終彙集成一整套規模宏大的、適應時代需求、與首都地位相稱的高質量的精神產品——《北京舊志彙刊》，奉獻於社會。

丁亥年夏於北京

《北京舊志彙刊》校點凡例

一、《北京舊志彙刊》全面收録元明清以及民國年間的北京方志文獻，是首次對歷朝各代傳承至今的北京舊志進行系統整理刊行的大型叢書。在對舊志底本精心校勘的基礎上重新排印并加以標點，以繁體字竪排綫裝形式出版。

二、校點所選用的底本，如有多種版本，則選擇初刻本或最具有代表性的版本爲底本；如僅有一種版本，則注意選用本的缺卷、缺頁、缺字或字迹不清等問題，并施以對校、本校、他校與理校，予以補全謄清。

三、底本上明顯的版刻錯誤，一般筆畫小誤、字形混同等錯誤，根據文義可以斷定是非的，如「己」「已」「巳」等混用之類，徑改而不出校記。其他凡删改、增補文字時，或由於文字异同造成的事實出入，如人名、地名、時間、名物等歧异，則以考據的方法判斷是非，并作相應處理，皆出校記，簡要説明理由與根據。

四、底本中特殊歷史時期的特殊用字，予以保留。明清人傳刻古書或引用古書避當朝名諱的，如「桓玄」作「桓元」之類，據古書予以改回。避諱缺筆字，則補成完整字。所改及補成完整字者，於首見之處出校注説明。

五、校勘整理稿所出校記，皆以紅色套印於本頁栏框之上，刊印位置與正文校注之行原則上相對應。遇有校注在尾行者，校記文字亦與尾行相對應。

六、底本中的异體字，包括部分簡化字，依照《第一批异體字整理表》改爲通行的繁體字。《第一批异體字整理表》未規範的异體字，參照《辭源》、《漢語大字典》改爲通行的繁體字。人名、地名等有异體字者，原則上不作改動。通假字，一般保留原貌。

七、標點符號的使用依據《標點符號用法》，但在具體標點工作中，主要使用的標點符號有：句號、問號、逗號、頓號、分號、冒號、引號、括號、間隔號、書名號等十一種常規性符號，不使用破折號、着重號、省略號、連接號與專名號。

八、校點整理本對原文適當分段，記事文以

時間或事件的順序爲據，論説文以論證層次爲據，韵文以韵脚爲據。

九、每書前均有《校點説明》，内容包括作者簡况、對本書的評價、版本情况、校點中普遍存在的問題，以及其他需要向讀者説明的問題。

目録

校點説明

《弘慈廣濟寺新志》（以下簡稱《廣濟寺志》），三卷。湛祐遺稿，然叢編輯。

廣濟寺，位於北京內城之西。東望西華門，西接阜成門、歷代帝王廟，南鄰乾石橋、萬松老人塔，北近大街。寺基三十五畝。此外，在玉泉山有塔院及下院，在昌平、天寧寺東有園。廣濟寺創於宋末，初名西劉村寺。當時有兩劉家村，在西者爲西劉村。相傳西劉村寺乃西劉村人劉望雲爲一名爲且住的僧人所建。元末被兵火焚毀，蕩然無存。明景泰間，當地人挖出佛像、石龜、石柱等物，方知此地本爲古刹。天順間，山西潞州僧普慧及其徒圓洪募緣興復。得尚衣監太監廖屏資助，并上聞於皇帝，得賜額「敕賜弘慈廣濟寺」。廣濟寺的興建，開始於成化二年春季，落成於成化二十年夏季，近廿年方成。從此信徒漸歸，「京師寶坊，斯爲第一」。此後，因年久失修或地震等原因，寺廟時有傾頽，僧人、信徒也不斷地進行修葺和擴建。清初，順天僧恒明美主持寺事，請師説戒，廣濟寺始成律院。廣濟夙稱名刹，歷有高僧居止。天子時有臨幸，屢賜恩典，達官貴人亦多對之青眼有加。幸有《廣濟寺志》一書傳世，使後人可知寺之建置、沿革及高僧事迹。

湛祐，生於崇禎十五年，卒於康熙三十四年，清代僧人。俗姓金，法字天孚。朝鮮人。爲傳臨濟宗三十三世。湛祐出生七月，其父辭世。六歲得重病，幸被一道人治愈。十三歲，其母依道人當年叮囑，將其送入廣濟寺出家，師事恒明美法師。湛祐因有感於廣濟寺前身西劉村寺的歷史已幾乎不爲人所知，恐千百年後廣濟亦如此，故

欲作「沙門太史」，便遠游江浙，拜訪飽學之士。自云「宗天童牧雲和尚之孫，得法京口鶴林寺天樹植和尚」。後歸廣濟，作《廣濟寺志》。年五十四而卒，葬玉泉山下。主要事迹見《天孚祐禪師傳》。然叢，法字睡林。真定（今河北正定）人，寓居京城八里莊。復初仍律師之甥。主要事迹見《復初仍律師傳》。

本志分爲三卷。卷首爲廣濟寺全圖，下分列十景圖，其中「院樹秋陰」「梵閣春雲」二圖缺半，「海棠晚色」全缺。其次是序、御製弘慈廣

濟寺碑及御書匾額。卷上記建置及碑銘頌。卷中爲廣濟寺歷代高僧傳及記、序。卷下爲賦、贊跋、尊宿（記本寺僧侣事，人物與卷中之傳或相重複）、塔院、下院（此二項亦爲建置之屬）、題咏及廣濟舊志跋。

廣濟寺是京師名寺，現爲中國佛教協會所在地。本志所記，始於宋末，止於清康熙年間，關乎廣濟寺的歷史、建置及高僧事迹等，是研究廣濟寺不可或缺的文獻資料。特别是民國年間，廣濟寺曾遭火灾，主要殿堂焚燒殆盡，現存建築爲灾

後所修，因此《廣濟寺志》所載寺圖、建置等就顯得更爲珍貴。《廣濟寺志》不但對瞭解廣濟寺的歷史有重要價值，而且對瞭解當時的社會生活亦大有裨益。如志中多次提及皇帝與僧人的交往，太監對寺院的資助，反映了當時宫廷與佛教的關係。又如《廣濟戒壇記》記録了廣濟戒壇在當時都城的説戒活動及其作用、影響，《金陵印藏序》記録了明代印製南藏與北藏的歷史。這些記載的價值都不再限於瞭解廣濟一寺。除珍貴的史料價值外，《廣濟寺志》亦文筆優美，

叙事生動。如傳中所寫恒老人之悲天憫人，玉光師之卓然不群，躍然紙上，讀之令人不勝唏噓。《廣濟寺志》，除湛祐自撰外，又收入多人著作，此外還有些爲然叢所補充。因衆手雜成，所以有前後矛盾處。而且一些重要史實缺失，如廣濟寺於元代曾名「報恩洪濟寺」，就不見載於本志。以上問題在利用本志時須加以注意。

本志原有康熙二十三年刻本，故康熙四十三年本稱「新志」。現只見藏版於大悲壇的康熙四十三年刊本，其中十景圖有缺，已如前述。此外碑銘頌部分有大量墨丁，蓋因作志時碑文已漫漶不清所致。但依據上下文意，原稿中墨丁數量或多或少，與相關碑文拓片中墨丁數亦不盡相符。基於古人刻板時於墨丁處理不甚嚴謹，現又無處考補，爲尊重原稿，整理時保留原樣不做改動，亦不在文中一一出注説明，只將原有墨丁以相同數量之「□」在原有位置標出。臺灣明文書局將此書影印，收入《中國佛寺史志彙刊》中。本次校點即以此爲底本。不足之處，幸祈讀者不吝賜教。

李　僅　胡宇芳　戊子年春月

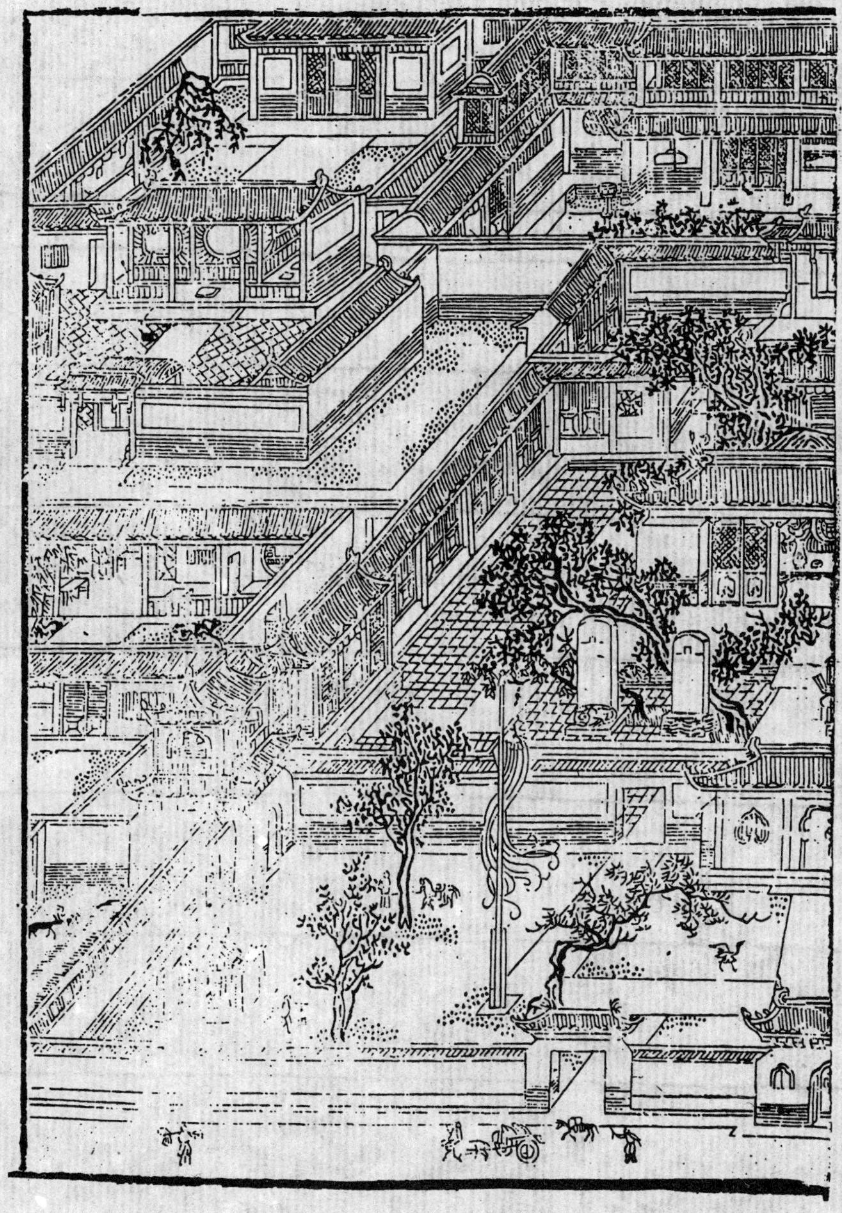

中庭放鶴

師誦經次，忽有白鶴降於庭中，若聆妙法者。然由是以來，鶴或時至時不至，乃异徵也。

禪誦感仙禽，忽自雲中

落。飛去復飛來，可鄙揚州鶴。

經臺夜月

一夕經臺散步，口誦貝音，忽見浮雲中斷，朗然月出，光滿虛空。對此皎皎玉輪，殊覺禪心照映，一腔澄徹，豈六祖所云「心

如明鏡臺」者非耶？

明月在浮雲，光輝何處起。老人方徘徊，獨立松陰裏。

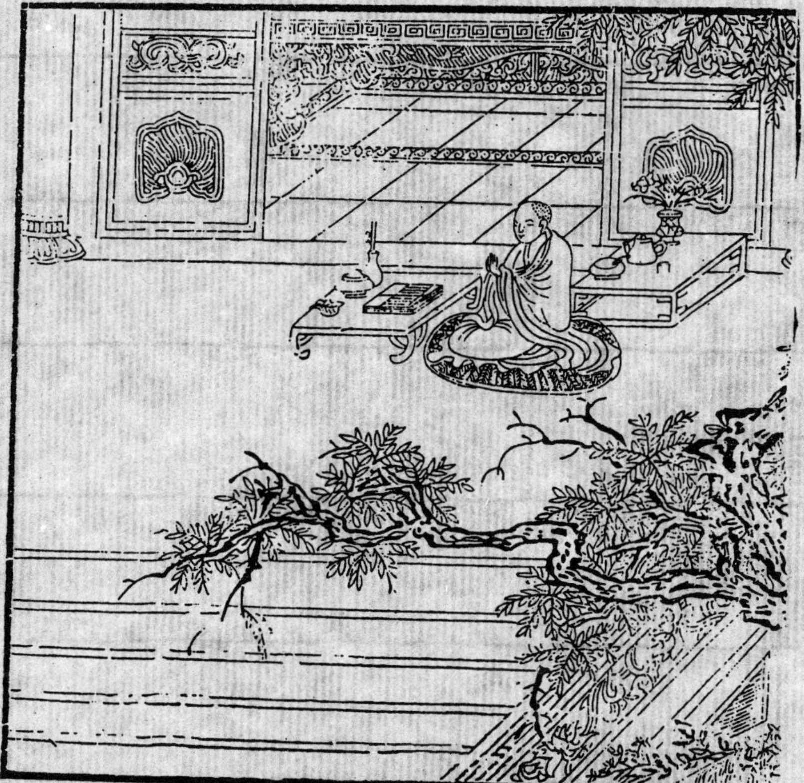

院樹秋陰

西劉村舊

有古木數十，蓊然可觀。居人納涼其下，天雖溽暑，而薰風徐引，宛然深秋時。〔注一〕

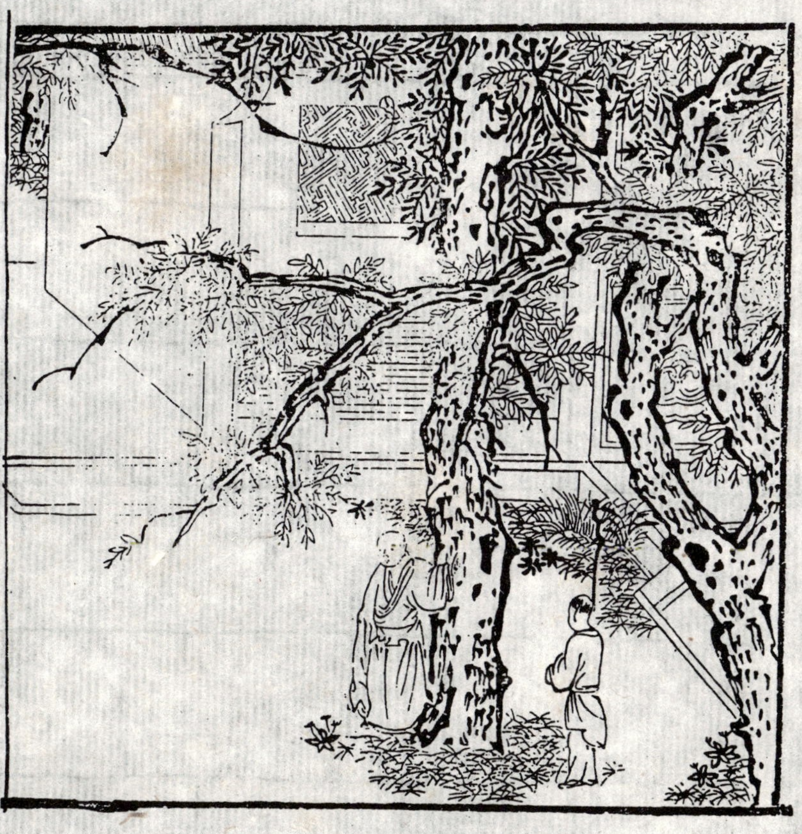

梵閣高嵯峨，登臨發長嘯。凭欄不見人，雲影閑相照。

〔注一〕「院樹秋陰」一景缺左圖及詩。其後，「海棠晚色」全圖及文詩并缺，「梵閣春雲」一景缺右圖及文。

花開方丈

玉光師持誦《華嚴》，幾二十載有奇。停午時，异花繽紛從窗外飛入。師出定，大衆皆驚。

風起虛庭中，异花飛入室。兒童喜復驚，主人渾不識。

大椿團蓋

山門之東，有大椿一本，望道人所遺。喜師結茅其側，時與廖公屏往返，相得甚歡，乃發重建本山之願。

靈椿大如蓋，遮日復遮雨。安禪不出門，此中何所取。

別室馴猿

南征者送一猿於別室，天乎大師常以此猿說偈示衆，有法語若干篇。

猿子出深山，居然有佛性。何當脫去皮，直上高峰巔。

香臯深窗

大悲壇落成，修懺祝國，深窗香氣，直接重霄，仿佛有蓮幢掩映。

籠窗香氣深，臯臯空中舉。借問隔窗僧，爐烟在何許？

仙棗垂瓔

望雲道人爲天臺真裔，手植大棗，廣蔭丈餘。雲喜師，棗遂化爲瓔珞。

大棗來天臺，變種爲瓔珞。能移草木情，感化功何博。

名刹廣濟，居内城之西，地敞而境幽，近市而塵隔，雖非山林，實山林也。歷有高賢舊住宣揚法教，利益群生。今康熙四十三年六月十一日，皇上賜御書匾額，莊嚴色相。由是廣濟壇前，絢彩蒸霞，陸離璀璨，雖古祇樹鷲峰不是過矣。至若寺中花木之垂陰、雲烟之繚繞、猿鶴之聞經，雖繪十景於前，而佳趣摹寫不盡，實未足以形容其妙，聊以表其大略云爾。

序

佛法來自東漢，於是乎始有經與寺。繼而盛於晋，於是乎遂有戒壇講席。其後曹溪滴乳，心心相印，於是乎乃有宗旨源流。歷五代、唐、宋、元、明以來，蓋千餘年矣。至於禪教二途，日增凌替之感。惟律師家精持毗尼，無指可標，無奥可入，立僧徒入道之基，開聾瞽遷善之路。當末法艱危之時，猶不失迦文四白羯磨之遺意。故戒壇之盛，歷久不衰。

京師弘慈廣濟寺，創於宋末，曰「西劉村寺」。兵燹之後，已廢爲荆榛瓦礫之墟。至明憲宗時，潞州僧喜雲慧公因土人掘得石佛，即於其地重建今寺。慧公戒行精嚴，遠近欽仰，故法施雲涌，鬱爲寶坊，賜額「弘慈廣濟」，與愍忠并爲戒壇。

興朝定鼎，順天僧恒明美公暨其門人復初仍公大加修葺，巍然焕然。一切堂殿、樓閣、門廡、倉廥、庖湢，凡僧居之宜有者悉備，可謂盛矣。於是天孚祐公懼其不久也，作而曰：「寺居朝市間，五方雜處，年運而往，或者欺有司而寓其孥，則寺廢矣。家世隆替不可常，萬分一有子孫以貧故，規寺之産、侵寺之事，則僧散矣。」因刊爲志，垂誡後人。

公殁，睡林叢公監院事，意猶以爲未廣也。乃建戒壇，築大悲壇，作飯僧堂、粥魚齋，鼓安隱高閑，可謂盡矣。而其意猶未已也。鎮之以天子之賜額，守之以天子之宸書，凛凛乎其不可犯矣。而其意猶未已也。奮然曰：「自我作之，自我述之，慮不足以傳信於後世。」於是乎因其法护翰林供奉曹子恒齋，請余更爲志之，俾來者知此寺經理之艱勤，則不忍寓其挐；子孫知乃祖乃父志願之堅確，則不忍規其産、侵其事。嗟呼！叢公可謂賢矣！

夫富貴烜赫，非不震動一時，未幾而囊金櫝帛弃擲道塗，腐骨遺胔狼籍蟲鳥。縱其歷久，而子孫不肖，且不保墳墓，而况第宅？有如此前人庀治之不惜腦髓，斯宜其後人捍護之不啻頭目矣。則兹寺也，不其與宇宙相爲終始矣乎？且聞之佛者曰「戒生定、定生慧」，既已斬斷葛藤，便可飛龍騰象。閑漢之中，自有頭正尾正之人，所謂根於慈愛、成於利濟者，庶幾叢公之志，可以慰矣。

康熙歲次庚辰仲夏之吉楓亭余賓碩

題於松筠庵寓齋

原序

廣濟寺，天下名刹也。瓢笠而來者，等乎衆流歸海。水有潮汐，而海無淺深。如是故，故足以方廣濟。我自廣濟恒老人剃染，以至得法，應知廣濟所由，然後可問考喜雲祖師創闢以來，古名西劉村寺，不以廣濟稱。元末亂，寺亦尋毀。嗚呼噫嘻！今之廣濟，昔之西劉村寺也。自元而明，而至興朝，日月幾何，而遺踪斷碣遂不可問。千百歲後，廣濟之鐘聲幢影，誰復游而顧之者？用是惘然若失云。又慨然太息曰：「廣濟諸宗祖，苟有咀經嚼史、跌宕詩文如靈一、皎然者，安得至此？然不遠游吴越，能自得師，又烏能作沙門太史耶？」以故一肩行脚，遍訪江浙諸名勝，以求所謂沙門太史者。

我鈍且拙，始受楊墳老人鉗錘，繼得鶴林和尚契正，恍若泛長流、出滄海，撥飛雲於鰲背，蕩皓月於鯨波，歸見湖湘沅沚，直溝洫爾。廣濟非律門之海乎？嗚呼噫嘻！廣濟固海，竊謂我亦海也。疇昔讀書白下，即與通儒往來。松高石勝處，必出崇論宏辯，與之角談，及名山异書，刺刺不肯休。有能守我律、聽我法、讀我文字者，安在其非泛海之人乎？

客有問卓錫地者，則瞠目而答曰：「廣濟。」問厥所由，則指堂前片石曰：「碑文且磨滅矣。」客曰：「師知西劉村故事乎？」曰：「否否。」客起而笑曰：「師既不知西劉村，後人安知有廣濟？讀書好古，何所用之？」我於此忽有感焉。

喜師者，海之源也，西劉廢則桑田矣；恒老人者，又一海源也，廣濟廢則又桑田矣。廢者可興，興者可廢。言念及此，能不悲哉！嗟乎！喜師者，海之遼絕處也；恒師者，海之浩瀚處也。一則啓其披榛鋤莽之功，一則吊其斷礎頹垣之慘。旦夕鳩工，聿然金碧。古人曾有揮五丁而反山川者，意在斯乎？意在斯乎？我乃焚香禁足，兢兢惟恐家風之或墜。下不能暴霜露、斬荆棘、建闢琳宮於物外，上不能提宗旨、唱元機、大開覺路於人間，其爲海也烏在？問及曩時布金之由，則語人以目。悲夫！祖宗何負於我，而故靳其字而不書也？廣濟志之不作，是我之罪已夫！是我之罪已夫！因與復初師兄商確。兄乃踴躍久之，欣欣乎望其竣，又恐其不即抵於成，乃使我閉關董其事。

上自方丈以及兩柱，有瑰意奇行，悉志之；朝廷所賜佛像、法寶，悉志之；戒子中有得法行教者，悉志之；自草木禽魚得日月之氣、含天地之靈者，無不載。荒渺無稽之物，雖通都共聞，皆削去，示信也。梓行後，藏板大悲壇中。後世子孫有怠而不修、善而不録，以殘缺此集者，即以不孝論。我祖行之於前，我輩述之於後，一世以至

百世，豈非燈燈相續之義歟？凡撰一文立一傳，必齋心僻處，依其實迹而成之，不敢少有虛誕，以干四方之鄙且笑，而犯喜、恒二師之怒也。有如不信，譬之蜃樓作市，泛海者將迴舟而不顧矣。不异不書，不真不記，山僧有焉。

時康熙二十三年歲在甲子別室湛祐

書於大藏經閣中

御製弘慈廣濟寺碑

蓋聞堂開鹿苑，誇祇樹之香林；境闢鷲峰，傳寶華之勝地。若其清風盈丈室，亦豈在於離群；皎月映禪心，初何嫌於近市。正以琳宫伊邇，瞻龍象者知尊；精舍非遥，聽鐘鼓者易肅。茲弘慈廣濟寺，夙稱名刹，舊住高僧。梵宇莊嚴，峙鳳城之兑位；貝音宣朗，接紫陌之西隅。古木垂蔭於階除，皓鶴聞經於戺户。境幽塵隔，如在山林；心遠地偏，焉知闤闠。蓮花幢内，常明日月之燈；柏子香中，深入栴檀之海。六時禪誦，鐸鈴響徹丹霄；四海緇流，鉢錫雲依法界。藏經閣敞，珠聯貝葉之文；説戒壇高，石點雨花之偈。是以駐蹕常臨於净地，揮毫特賁於禪扉。睠此幽恬，賞其清曠。僧湛祐心通釋典，志勵虔修，葺陳構以維新，率群衲以遵禮。住持僧然叢克襄厥事，庭宇秩然。蓋其教以利益群生爲本，其事以修持戒律爲歸。朕嘉其同善之心，挹彼廣慈之意，俯俞敦請，爰錫斯文。振寶筏之宗風，弘金繩之覺路。用垂貞石，以示來茲。

康熙三十八年四月初八日皇三子

多羅誠郡王臣胤祉奉敕書

翰林院待詔臣曹曰瑛奉敕篆額

御書處監造臣祁世傑奉敕督鎸

康熙四十三年六月十一日，皇上賜御書「妙明圓通」四大字額，供奉大殿。

敕建弘慈廣濟寺新志上

傳臨濟正宗三十三世沙門湛祐遺稿
監院沙門然叢編輯
白下余賓碩鴻客較訂

建置

舊志：弘慈廣濟寺，東望西華門，西接阜城門、歷代帝王廟，南鄰乾石橋、萬松老人塔，北近大街。寺基三十五畝。相傳爲西劉村寺古刹廢址。明景泰間，居民掘得佛像、石龜、石柱於土中。山西僧普慧、圓洪輩募緣興復。天順丙戌，〔注一〕尚衣監太監廖屏上聞，賜額曰「敕賜弘慈廣濟寺」。今康熙三十三年，蒙聖恩敕建，御書匾額、碑記。

山門三楹，内供金剛像。左右角門，康熙三十三年重修。

天王殿三楹，供彌勒尊佛。左右列四天王。北向供護法韋馱尊天。

東雲水堂三楹。

延壽堂三楹。

米庫三楹。

〔注一〕「天順」，天順間無丙戌年，此處有誤。

鐘樓一座。

煤炭庫四楹。

向北書記寮四楹。

西滘影寮三楹。

磨房五楹。

馬房三楹。

鼓樓一座。

菜房五楹。

西向北客寮四楹。

鼓樓南有井。舊志云：初穿水苦，惟供浣濯。今康熙年間，忽變而甘，大衆茶湯賴之。住持湛祐和尚題曰「改過泉」，居士余鴻客銘之。

大雄寶殿五楹，供三世佛。兩旁列十六應真，壁繪諸天。内奉御賜宸翰《藥師延壽本願經》十部，香花供養。古爐三座，成化年造。古鼎、銅鐘，萬曆年造。月臺前古槐二株，時有神鳥栖集。

東伽藍殿三楹，供伏魔大帝、給孤長者、清源妙道真君。

殿南米庫二楹。

客寮一楹。

鐘板堂三楹，内安禪侣。

殿主寮一間。

茶房三楹。

料庫三間。

香積寮三楹。

西來悦寮三楹。

祖師殿三楹，供達磨初祖、百丈大師、本宗臨濟大師。

職事寮三楹。

習戒堂三楹，以安毗尼大德。

雜用寮一楹。

行人寮三楹。

客寮五楹。

香積厨十楹，在客寮後，前有慧基泉。泉南圊房五楹，向北。

齋堂十五楹，在香積厨後。供賓頭盧尊者。

康熙三十八年建。

普門殿三楹，供普門、文殊、普賢三大士殿。

順治四年，三韓辛大勳得外國白檀，造接引佛金身，供大士殿前。

古槐二株，盛夏扶疏掩映，觀其葉之燥潤，以占晴雨。

總持堂五楹，在普門殿東，南向。

彙善堂三楹，在普門殿西，南向。

流雲軒一楹，在普門殿後，西向。

馨生窩三楹，在流雲軒後。

月軒一楹，在普門殿後，東向。

返照室三楹，在月軒後，西向。

返照室五楹，對大悲壇，内供普眼菩薩像。

別室五楹，在返照室後，向南。即天孚祐禪師栖息地也。階前有奇樹一株，人不知名，或曰桐之屬，亦無考據。詳《祐禪師傳》。

客寮五楹，北向。

第一關，在普門殿後，由此入藏經閣。

自鏡堂五楹，在第一關向西。

羯磨堂五楹，在第一關向東。

大藏經閣五楹，詹事華亭沈荃題額。閣上貯《大藏尊經》六百七十七函。中供世祖章皇帝賜滲金釋迦文佛像一尊，左右觀音、普賢二菩薩。有西域僧施供佛牙，廣長五寸。閣下供三十二應觀音相，莆田廖經畫繪染，極爲精工。中奉泥金多寶佛銅像。閣前左傍定時針以準刻漏，右設生臺以施烏鵲。廣庭植海棠二株，方春花發，絢彩蒸霞，都人游賞，傳爲勝事。世祖特延報恩大覺老和尚開爐結制，屢蒙聖駕臨幸。

東方丈五楹，額曰「最上乘」，在藏經閣東。

西方丈五楹，額曰「高着眼」，在藏經閣西。東西各有樓，與閣聯繞。登高望遠，雲樹鬱葱，碧瓦朱甍，陸離璀璨。旭日初升，夕陽返照，誠燕市之大觀，金臺之勝境也。

壇前垂花門楹游廊六楹，東西配房六楹。

戒壇三楹，在第一關外東隅，南向。石座三層，周遭欄檻并白玉石鑿成。玲瓏花草，雲涌獸攢，過於繪畫。上供阿育王塔一座，塔内供四大菩薩、梵僧舍利子一顆、御書《金剛經》八部。壇前懸御書「持梵律」匾額。

游廊十二楹。

毗盧殿三楹，在戒壇後。内供滲金毗盧遮那佛像一尊，四圍貯書本藏經，全部三百三十三函。

閣東小樓一楹，供慈氏佛。閣西小寮一楹。

俱康熙三十二年建。

大悲壇五楹，在第一關外西隅，南向。内供栴檀佛像，向南，大悲菩薩像二尊，向東。又供釋迦文佛二尊、觀像彌陀一尊。外壇左韋馱尊天，右武安王。四面紗籠香花，幢幡莊嚴殊勝，甲於諸刹。

東觀堂三楹，在大悲壇左。

西觀堂三楹，在大悲壇右。

地藏閣五楹，在大悲壇後，康熙三十七年建。上供幽冥教主、十殿冥王，下供伏魔大帝。閣左静室三楹，閣右静室三楹。

别室，内供聖駕龍椅寶座，上賜御筆臨米芾《觀音贊》一軸，有寶，又臨趙孟頫《大阿羅漢贊》十首。

弘慈廣濟寺，帝城古刹也。粵稽其地，本西劉村寺基。天順間，普慧宗師來自山右，募緣創建。時與尚衣監廖公屏爲方外友。上聞，賜額曰「敕賜弘慈廣濟寺」。歷有百年，佛像剥落，殿宇傾頽。有守忠、元善二張公復從而修之，迄今又百餘年矣。叢發願修葺，庀材鳩工，易朽成堅，稍稱完整，庶焚修者有賴焉。

敕建弘慈廣濟新志上

傳臨濟正宗三十三世沙門湛祐遺稿
監院沙門然叢編輯
白下余賓碩鴻客較訂

碑銘頌

弘慈廣濟寺碑銘

明　萬　安 大學士

都城内西、大市街北有古刹廢址，相傳西劉村寺，莫究其興廢之由。景泰間，人有得陶佛像、石龜、石柱頂、陶供器於土中，始信□□古刹也。天順初，佛者普慧，山西潞州人，有行□领戒壇宗師。時□衆信向，與其徒圓洪輩相規興復之。址□廢久没荒穢中，爲潴澤，廣若干步，深若干尺。乃募緣價工□治而平之。

既召六工□□□經□之初，洪深歷成功之難。適尚衣監太監廖公屏過□竊□甚。語洪曰：「屏上荷殊遇，官都監員，職典内局及軍營，每欲得一福地，構寺奉佛，憑法力圖報大德於萬一，而未能得。兹殆天畀我與爾師徒共結此善緣耶？」遂爲洪請牒，具其興建之由以聞，乞寺額。詔曰「弘慈廣濟」。時丙戌歲也。公自是累捐己資爲費，凡上所賜白金，亦自是輒以付洪。又語曰：「寵賚不敢自私者，[注一]用興復茲寺，以遂圖報之心。」

是秋九月，首建山門。門内左右建鐘、鼓二樓。内建天王殿，中塑四大天王像。丁亥夏，後建伽藍殿，中塑給孤長者，清源妙道、崇寧寶德二真君像。右建祖師殿，中塑達磨、百丈、臨濟禪師像。正建大佛寶殿，中鏤釋迦、藥師、彌陀像，左右列十八羅漢尊者。正殿後建大士殿，中鏤觀音、文殊、普賢像。至是，諸佛像皆飾以金。凡廊廡門牖，點染丹艧，煥然一新。其齋堂、禪堂、方丈、僧舍，與夫庖湢、廩庾之所以及幡幢、供器，寺所宜有者，無不畢具。

寺既成，公乃奏。洪授僧録司右覺義，尋升右闡教僧，住持於内。日領衆酌水獻花，仰祈國祚億世，聖壽萬祀，宮壼清寧，嗣德繁衍。下及臣民庶彙，并一切有生，均沾利益。公圖報之心，至是咸遂矣。又以寺殆廿年然後興復，不可無言□□於後□□石來請□□□來。

嗚呼！佛氏之道自入中國以來，□教日新，

[注一]「……者」，原作墨丁，今北京大學圖書館此碑拓片補。

其宇日廣，其徒日繁以衆，而達官貴人往往多信向之，然亦未嘗不與時爲隆替。　茲寺之作，吾不能究其始，而竊計其所以廢，蓋亦因元季昇淑、元解之餘徒□□□□道爲主以致滅□□□□□今乃復遭際國家隆平，民康物阜，故有好善種福如太監公者，主張而作新之，而慧、洪師徒因得殫厥心力，以成厥功。　□□斯□□之故哉？　因紀其始末。

銘曰：　佛氏有教，自兆西土。　永平而來，盛於中夏。　其盛爲何，日與及徒。　興替靡常，乃與時俱。　劉村荒名，莫究其始。　道罹變故，僅存廢址。　□□□□□□□□廢久復興，其道則德。　像出於地，人駭厥迹。　徒爲神之，究乃安宅。　主持者誰，帝之侍臣。　捐資鉅百，像宇聿新。　翼翼新宇，帝錫其額。　峨峨新像，金耀其飾。　成茲善緣，曰□自始。　□□□□□□□□□弘慈廣濟，甲於大都。　守而弗替，實係其徒。　維時之雍，維俗之熙。　帝之□□佛與同衣，永永無□。　成化二十年，歲次甲辰，秋九月□日立。

□□□□□□□光禄大夫柱國太子太傅吏部尚書

〔注一〕「北」下，原有墨丁個，今據北京大學書館藏此碑拓片去二個。

□華蓋殿大學士知制誥經筵日講官屏山萬安撰
□□□□大中大夫□資治少□太僕寺□□尚□
司□□文華殿東吴朱奎書
□□□□□□□□□□□賜進士出身翰林院
侍講學士奉□大夫經筵日講官兼修國史
侍文華殿長沙李東陽篆額□□□

弘慈廣濟寺助緣碑偈□□□

明　釋思胤□□

吾佛世尊，爲一大事因緣，故出現於世，欲令一切衆生開示悟入佛之知見。然説法必得信、聞、時、住、處、衆六種成就。所謂處，若耆闍崛山之類，而東土自漢建寺後，至今效之，亦處也。特其建亦匪易。昔須達多長者之建，得祇陀太子共之，始成精舍，夫豈易耶？

都城西、大市街北□□□□□□□敕賜弘慈廣濟寺者，〔注一〕乃今尚衣監廖公屏所建，繼得司設監太監曹公整疏屏報本之意，聞於皇上，遂荷累賜白金，助工恩典。又得前尚衣監左少監盧公儀、今兵仗局左副使王公景、右副使王公郊董成之。以故山門、鐘鼓樓、天王殿、迦藍殿、祖師殿、大佛寶殿、大士殿暨諸雕妝繪像既嚴飾，方丈、廊廡、旛幢、供具、庖湢、廩庾亦靡不備。經始於成化丙戌之春，落成於甲辰之夏。規制輪奐壯□□□處不异乎昔矣。

前開山禪師諱普慧，〔注一〕號喜雲，山西潞人。具大福緣，善説法要，道價崇重，嘗奉□□□□□□□□□□□□□欽依傳戒於萬壽戒壇□□□子余寅長。〔注二〕前僧録右闡教兼本寺第□代住持諱圓洪，號大海，輔揚法化，感諸太監公，啓發信心，尊重三寶，久而彌篤。實上祝聖壽延長，〔注三〕皇圖鞏固，〔注四〕宮闈吉慶，儲□康寧。

下及臣民以至幽顯，〔注五〕衆生俱沾利樂，蓋亦無异於佛住世□□□□□揆厥緣起，已具今相國眉山萬公安所撰碑文。〔注六〕今大海之弟子、第三代住持名明仁、名明宗，偕其法兄余同寅、本司右覺義兼華嚴寺住持名明聰，號無聞，復具勸緣之始末，來請余言，用識不朽。

夫佛於靈山，以法付國王、大臣，良有由然。建寺功德，豈可思議。如須達多精舍之建，佛以舍利弗指授規則經理之際，六欲天顯現宮殿焉。又佛告地藏菩薩：修建佛寺，發心及助緣者，百

〔注一〕「前」上，原有一墨丁，今據北京大學圖書館藏此碑拓片刪。

〔注二〕「奉」下，原有墨丁十八個，今據北京大學圖書館藏此碑拓片刪去三個。

〔注三〕「祝」下，原有墨丁五個，今據北京大學圖書館藏此碑拓片刪。

〔注四〕「皇」，原作空格，今據北京大學圖書館藏此碑拓片補。

〔注五〕「至」，原作空格，今據北京大學圖書館藏此碑拓片補。

〔注六〕「文」下，原有一墨丁，今據北京大學圖書館藏此碑拓片刪。

千生中常受人天福報，〔注一〕若能回向法界，則盡成佛道焉。因果昭然，信不可誣。僣因所請，故叙如右。

至若契世尊出世之初心，明衆生本有之知見，則有非文字所能詮次者。於是重宣此義而説偈言。

釋迦大聖尊，爲法出於世。普欲令衆生，皆入於佛慧。西乾祇洹舍，東土白馬寺。内弘□□□，去來今不异。宗師慧喜雲，〔注二〕教主洪大海。相承闡玄猷，〔注三〕感應功德主。瓦礫糞堆頭，放光現祥瑞。祝贊大明世，永永爲福田。同入門不二，發心及助緣，河沙福無艾。〔注四〕離想超諸趣，直入佛境界。

僧録司左覺義釋思胤盥沐敬撰

成化二十三年歲次丁未秋九月重陽日

内府尚衣監太監署兵仗局事廖屏立

重修廣濟寺碑記

明 張守忠 張元善

嘗聞一誠有感，乃假像以求心；萬善同歸，是聞聲而起義。佛光普照，妙化圓融。一時所作，良因千載難逢好事。茲以敕賜弘慈廣濟寺，

〔注一〕……十」，原作墨丁，今……北京大學圖書館藏……碑拓片補。

〔注二〕……雲」下，原有墨丁五個，今據北京大……圖書館藏此碑拓……刪。

〔注三〕……玄」，原作「圖」，今……北京大學圖書館……藏此碑拓片改。

〔注四〕……同入」至「無艾」，……京大學圖書館藏……碑拓片與此出入……大，文多不録。且……發心及助緣」在……福田」後。

肇建自天順丙戌，〔注二〕落成於成化甲辰，迄今歷有百年，以致佛像斑剥，殿宇傾頽。時萬曆癸未，長夏盛暑，愚嘗留憩廡下，因感前人之創建而弗能保將來之廢毁，因與我同志者捐金義會，積少成多。遂於甲申歲孟夏吉日鳩工修葺，易朽成堅，稍稱完整。此佛天垂善同誠，俾僧衆焚修有賴，前人善事復延。上祝聖壽無疆，皇圖永固，更冀各姓福履延長，施爲順利。仍勒芳名於後，用垂永久云。

萬曆十二年夏六月一日中軍都督府彭城伯張守忠

後軍都督府惠安伯張元善同立

重修金佛像碑記

高珩

聚沙摶土，皆成佛道。《法華》有偈，胡不聞焉？而世人緘其慳囊，托於高論，以折蘆大士對同泰主之語爲千載干櫓。將舉江南寺四百八十，阿育王八萬四千塔寺之乾闥婆城，此亦耳食之過也。夫實際理地，不落有作因緣；而佛事門中，不昧莊嚴净土。着於有作，是未能幾於無漏因也。而神天勝果，求三途中，亦談何容易乎！謂菩提般若，若謂金碧土木，非也。謂金碧

〔注二〕天順」，天順間無丙戌年，此處有誤。

土木，足累菩提般若，可乎？故二梵之舟車，即三德之旌旆也。野狐禪與獅子吼，直一翻覆乎爾。夫西方聖人之法，予奪有機，權實各當。擔板之士，尚有蓬心，豈知廓然無聖，而聖諦第一義，直下瞭然，全無功德之功德，不住行施者，檀波羅密之爲般若波羅密，即俗即真乎？

弘慈廣濟寺，帝城古剎也。兵燹以來，丹青漶漫，紺宇白毫，風雨剥落，亦已極矣。工部尚書、巡撫畿輔捷軒王公太夫人劉氏，故七品官加一級王公尚智之配也。慨然捐資，鼎新之下，至

法筵供器，一切燦然。然則散花天人與布金長者固一合相乎？盛事落成，後之花香唄贊其中者，頂禮生虔，隨喜生悦，旋繞感應，生阿耨多羅三藐三菩提心，謂是即太夫人以莊嚴净土度生説法可也。十方虚空無盡，而此舉功德如之。泚筆箋戔，聊識崖略，亦正如彈指畫虚空耳。觀者倘以筆墨文字相索，急流而去，不既遠乎？

至太夫人男，則候補三品官王登元，七品官加一級王登雲，監生王登龍；孫男，則候補三品京堂王盛唐。皆殫心襄事者也。家人焦萬里督

工，例得并書。

康熙九年歲次庚戌夷則月望日立，都察院副都御史加一級高珩頓首拜撰并書恭上。

御製廣濟寺碑文頌

徐蘭

如來之奧義，在賢智其猶迷；天子之大文，非愚賤所能測。但佛日高懸宇宙，舉世盡沐其光；而乾文上麗雲霄，盡人得窺其象。欽維我皇上，道隆前聖，慈等覺皇。德會一源，洞本覺爲如之旨；君臨萬國，廣與人同善之心。蓋般若爲大海之慈航，若廣濟乃神京之名刹。翠華頻幸，靈山之付囑攸存；鳳藻特頒，初地之莊嚴益焕。仁聲善教，上繼三乘；妙諦真詮，前無千古。筆底現琉璃世界，花雨瀰天；空中成金色樓臺，香雲布地。於是青岷丹篆，彩焕龍文，兼茲鐵畫銀鈎，祥開麟趾。勝炎漢之圖梵像，迎而拜者萬人；邁李唐之序《心經》，出而單行一世。人天擁護，琳瑯琬琰同珍；金石燦煌，日月山河并久。

臣幸過寶界，伏睹瑶編。爲霤爲燈，理昧十支之一。如綸如綍，嵩呼萬歲者三。謹拜首稽首而頌曰：

猗歟梵宮，在天左側。爰有高僧，虔修是飭。鐘鳴於寺，聲聞在天。帝心式喜，稅於金田。錙流景從，慈雲蒙冪。乃製宸章，載嘉載錫。思滌浩露，心融智燈。聖能天縱，無有餘乘。璚畫昭回，寶綸輝映。駕典超墳，入神出聖。峨峨貞石，如圭如璋。煌煌天訓，爲龍爲光。誰其書之，我君之子。誰其寶之，實維開士。天顏咫尺，龍象祇承。高山仰止，茀禄攸增。二儀同休，三辰比耀。億萬斯年，永光象教。

改過泉銘

余賓碩

黃沫內擁，紫苔傍生。金沙倒漾，石岸高橫。滌垢蕩邪，得一以寧。昔也濯足，今也濯纓。谷神不死，川德永貞。以勖厥志，顧義思名。

基慧泉銘

余賓碩

惟戒生定，由定生慧。今日復來，昨日斯逝。窞不限深，流不擇細。浮沉日月，出入天地。言不恍然，西方祖意。於何始基，基於廣濟。